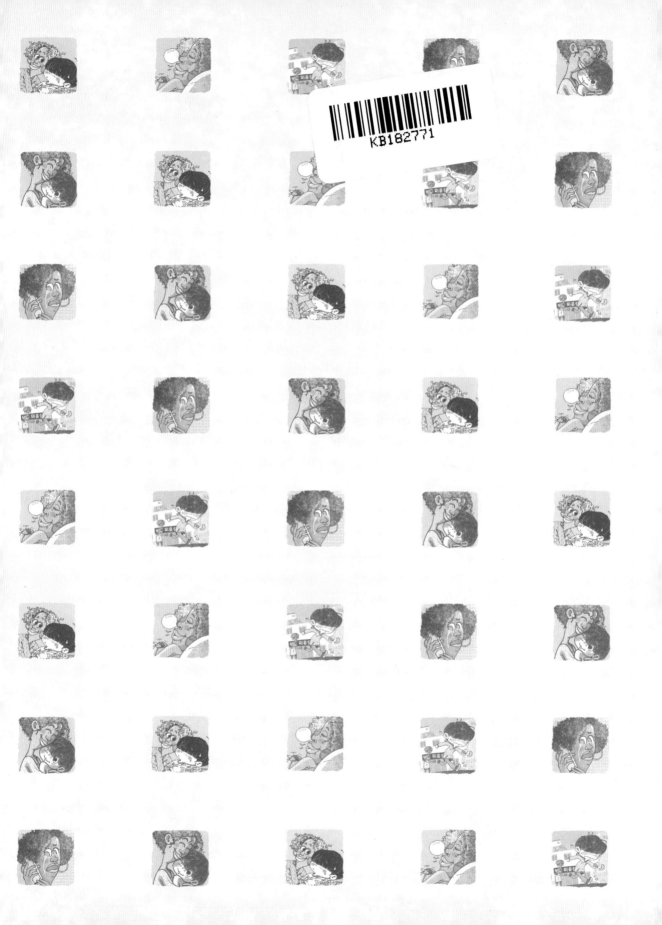

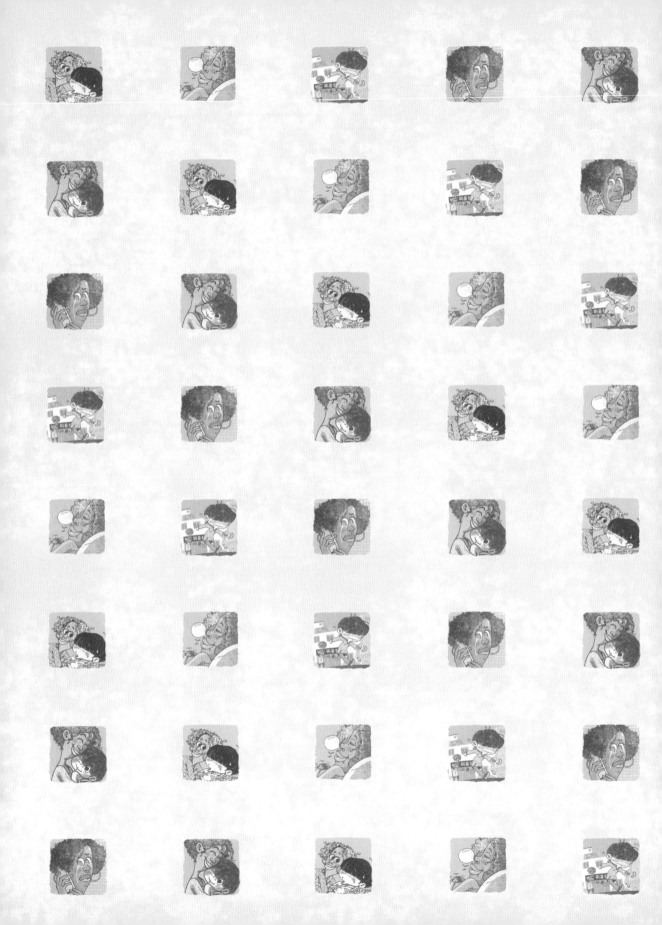

# 우리 엄마는 고릴라

글 유지은  그림 김준영

## 우리 함께 향기로운 세상을 만들어 봐요!

우리는 여러 사람과 관계를 맺으며 살아가요. 가족, 친구, 친척, 선생님 그리고 이웃과도 연결되어 있어요. 그런데 이런 관계가 항상 좋기만 한 건 아닐 거예요. 아무리 친한 사이라도 함께 어울려 지내다 보면 어려움과 갈등이 생기거든요. 하지만 인간관계가 어렵고 갈등이 두렵다고 해서 다른 사람들과 관계를 맺지 않고 살 수는 없어요. 왜냐하면 이 세상은 혼자 힘으로는 살아갈 수 없기 때문이에요. 그래서 서로 어울리며 돕고 지내야 하지요.

그럼 우리가 주위 사람들과 잘 어울려 사는 방법은 무엇일까요? 이 물음에 대한 답을 여러분과 함께 찾아보고 싶어서 이 이야기를 썼어요.

어느 날, 나는 다문화 가정의 아이들을 만났어요. 그중에는 자신의 피부색과 외모 때문에 놀림을 받았다고 속상해하는 아이들이 있었어요.

나는 아이들의 이야기를 듣고 꽃밭을 떠올렸어요. 여러분도 나와 함께 꽃밭의 꽃들을 떠올려 볼래요? 꽃들은 저마다 다른 빛깔과 모습을 하고 있어요. 키가 크든 작든, 빛깔이 어떻든 각자의 모습대로 피어나요. 그 다양한 꽃들의 어울림을 보며 사람들은 아름다움을 느끼지요. 우리 사회도 마찬가지라고 생각해요. 다양한 사람들이 저마다의 삶을 잘 가꾸어 가는 모습, 그것만으로도 세상은 아름다운 꽃밭이 될 거예요.

여러분, 이 이야기를 읽고 등장인물 한 명 한 명의 얼굴을 떠올려 보세요. 모건이와 단짝 한별이, 사랑 가득한 모건이 아빠와 아멜리 그리고 다정하고 배려심 넘치는 한별이 엄마까지! 서로가 서로에게 팬클럽이 되어 주는 아름다운 모습을 꼭 기억해 주면 좋겠어요. 그리고 이 책을 읽고 주위 사람들과 잘 어울리며 사는 방법을 찾는다면 그 이야기도 퍼뜨려 줄래요? 여러분의 이야기로 더 향기로운 세상이 될 테니까요!

여러분을 위한 응원가를 목청껏 부르며

유지은

## 차례

환영합니다, 아멜리! 7

새엄마는 고릴라 19

내 편은 내가 지켜야 해! 35

시간이 필요해 50

새엄마의 빈자리 64

서로에게 팬클럽 76

# 환영합니다, 아멜리!

아직 어두운 새벽인데 밖에서 나는 소리에 눈이 번쩍 뜨였어요. 아빠는 '아멜리'를 맞이하러 공항에 갈 준비를 하고 있어요. 아멜리는 카메룬 사람이고, 작년에 아빠와 결혼을 했어요. 그러니까 아멜리는 나의 새엄마예요. 그동안 아멜리는 카메룬에 살고 있었는데, 이제 우리나라에 살러 오는 거예요. 아빠는 어제 아멜리를 환영하는 문구를 종이에 적었어요.

새엄마는 친구처럼 자기를 '아멜리'라고 부르라고 했어요. 그런데 나는 그게 어색해서 그동안 이름을 부르지 못했어요.

아빠는 말했어요.

"아멜리는 무척 밝고 씩씩한 사람이야. 너도 금방 좋아하게 될 거야. 아멜리한테는 이곳이 낯설 테니까 잘 지낼 수 있도록 우리가 도와줘야 해."

나는 오래전 세상을 떠난 엄마가 늘 그리웠기 때문에 다른 사람이 내 엄마가 되는 건 상상하기 어려웠어요. 하지만 사랑하는 아빠가 무척 행복해 보여서 결혼을 말릴 수는 없었지요.

나는 새엄마와 직접 만나는 상상을 하는 것만으로도 부끄러웠어요. 나는 소심한 편인 데다가 긴장하면 말을 잘 못하고 더듬기도 해요.

나는 옆에 있는 커다란 고릴라 인형에게 말을 걸었어요. 내가 아주 어렸을 때 엄마가 사 준 인형인데, 나는 '릴라'

라고 불러요. 릴라는 이제 솜도 푹 꺼지고 낡았지만, 내겐
아주 소중해요. 릴라한테는 언제든 말이 술술 잘 나와요.
아마도 내 비밀까지 몽땅 알고 있는 친구라서 그런가 봐요.
　"그냥 '안녕하세요?' 할까? 아니면 카메룬 말을 찾아서
해 볼까? 아니면 '새엄마, 어서 오세요!'라고 할까? 그런데
아직은 새엄마라는 말도 어색해. 어떡하지? 릴라, 너는 뭐

라고 하면 좋겠어?"

아빠는 외국에 출장을 갔다가 새엄마를 만났어요. 그때 새엄마는 한국 문화에 푹 빠져서 한국 드라마를 즐겨 보고 한국말도 배우는 중이었어요. 그래서 아빠가 한국 사람이라 호기심을 가지고 말을 걸어왔대요. 그 뒤로 아빠와 새엄마는 삼 년 동안 연락하면서 사랑을 키워 갔어요. 새엄마는 그동안 한국말을 더 열심히 배워서 말도 제법

잘하게 되었죠. 작년에 아빠는 카메룬에 가서 결혼식을 하고 왔어요. 새엄마가 한국에 오면 이곳에 사는 친척들을 초대해 다시 결혼식을 올린다고 했어요.

나는 아빠가 차려 놓은 밥을 먹고 학교에 갔어요. 1교시 수업이 끝나고 쉬는 시간에 단짝 한별이가 우리 교실에 왔어요.

"카메룬에서 새엄마 오는 날이라 오늘은 축구 못 하지?"

나는 조용히 하라는 뜻으로 입에 손가락을 댔어요. 새 엄마가 카메룬 사람인 걸 비밀로 하고 싶었거든요. 작년에 피부가 까무잡잡한 아이랑 같은 반이었는데, 아이들은 그 애를 아프리카 사람이라고 놀렸어요. 그런 아이들이 내 새 엄마가 카메룬 사람인 걸 알게 되면 나를 엄청나게 놀릴 게 뻔해요. 물론 놀리는 아이들이 잘못하는 거지만, 어떤 이유든 나는 놀림받기 싫었어요.

"오후 늦게 오신댔어. 축구할 거야."

나는 한별이에게 속삭였어요.

축구 연습이 끝나고 한별이와 집으로 가는데 가슴이 두근거렸어요. 새엄마가 올 시간이 점점 가까워졌기 때문이죠.

"모건아, 엄마가 너랑 같이 가게로 오라고 했어."

한별이의 말에 나는 한별이 엄마가 하는 미용실로 갔어요.

"어서 와. 땀에 젖은 생쥐 두 마리가 왔네. 냉장고에서 아이스크림 하나씩 꺼내 먹고 있어."

한별이와 내가 아이스크림을 다 먹었을 때 머리 손질을

끝낸 손님이 미용실을 나갔어요. 한별이 엄마는 한쪽에 고이 놓아둔 꽃다발을 내밀었어요.

"오늘 모건이 새엄마 오시는 날이지? 먼 길 오셨는데 환영해 드려야지. 이 꽃은 네가 산 것처럼 드려. 새엄마가 좋아하실 거야."

한별이 엄마는 늘 나를 챙겨 주는데, 어떤 때는 내가 생각지도 못한 것이어서 가슴이 뭉클할 때가 있어요. 바로 지금처럼요.

"엄마, 나도 모건이랑 같이 가면 안 돼?"

"그러면 좋겠다. 네가 있으면 덜 쑥스러울 것 같아!"

"이한별, 네가 아무리 껌딱지 친구라도 오늘은 좀 참아. 세 식구 만나는 첫날인데, 네가 왜 끼려고 그래? 모건이는 바로 가서 샤워하고 깨끗한 옷으로 갈아입어. 깔끔한 모습으로 새엄마 만나야지."

나는 알겠다고 대답하고 집으로 갔어요. 그러고는 곧장 땀에 젖은 옷을 세탁기에 넣고 샤워를 하고 방도 정리했어요.

아빠는 아멜리랑 가는 중. 한 시간 후에 도착.

아빠에게서 연락이 왔어요. 나는 괜히 거실을 서성이다가 꽃다발을 들고 현관문 앞에 서서 "어서 오세요. 환영합니다!" 하고 인사하는 연습을 했어요.

한 시간 후, 드디어 새엄마와 아빠가 도착했어요. 그런데 막상 새엄마의 얼굴을 마주하자 말문이 딱 막혔어요. 연습했던 게 하나도 떠오르지 않았어요. 결국 고개만 꾸벅하고는 꽃다발을 내밀었지요.

"모건이, 안녕? 보고 싶었어. 우리 진짜, 정말 만난 거야! 꿈 아니지? 이 순간을 가 버렸어, 아니 기다렸어."

새엄마가 조금 서툰 한국말로 인사하면서 자기의 볼을 내 양쪽 볼에 댔어요. 휴대폰 영상으로만 보던 사람을 실제로 만나니 얼떨떨했어요. 새엄마는 생각보다 키가 더 컸고, 달리기 선수처럼 날쌔 보였어요.

"오, 꽃 감사해! 너도 멋지고, 꽃도 예쁘다! 모건이 만나

서 참 좋아! 우리 행복하게 살아요!"

새엄마가 환하게 웃으며 나를 꼭 안았는데, 마치 내가 새엄마한테 환영받는 기분이 들었어요.

"아멜리, 배고프지? 편한 옷으로 갈아입고 와요. 밥부터 먹읍시다."

아빠는 미리 준비해 둔 음식을 데우며 분주히 움직였어요. 제법 근사한 저녁상이 차려지자, 아빠가 슬며시 다가

와 말했어요.

"아멜리 실제로 보니까 어때? 씩씩하고 멋지지? 근데 어떻게 꽃다발을 다 준비했어? 기특하고 고맙다. 네가 이렇게 마음 써 줘서!"

아빠가 내 머리를 쓰다듬었어요. 나는 한별이 엄마가 준비해 준 거라고 솔직하게 말하려다가 아빠가 무척 좋아하는 모습을 보고 나중에 얘기하기로 마음을 바꾸었어요.

우리는 함께 저녁을 먹었어요. 새엄마는 젓가락질이 서툴러서 아빠가 포크를 내주었지만 쓰지 않았어요.

"한국에서 잘 살고 싶어. 그래서 젓가락 연습 많이, 많이 해야 해. 아기같이 흘린다고 놀리지 마세요!"

오우!

미끌ー

툭!

새엄마는 그렇게 말하며 웃었어요. 웃기지 않은 말인데도 새엄마가 크게 웃자 따

라서 웃게 되었어요. 온 집에 웃음 가루가 퍼져 나가는 느낌이었어요. 새엄마는 나와 눈이 마주칠 때마다 미소를 지었어요. 나는 조심스럽고 부끄러웠어요.

저녁 식사가 끝나고, 내가 방에서 잘 준비를 하고 있는데 아빠와 새엄마가 들어왔어요.

"모건이 방 멋집니다! 이거 선물. 내가 만들었어. 모건이와 가족이 되어 많이 기뻐."

새엄마가 내민 건 나무로 만든 인형들이었어요. 우리 가족을 본떠 만들었다는 걸 한눈에 알 수 있었지요.

"아주 근사한데! 모건이도 맘에 들지?"

내가 고개를 끄덕이자, 새엄마가 머리를 갸우뚱했어요.

"근사해? 그건 무슨 뜻이지? 생각이 잘 안 나."

"훌륭하다는 뜻이야. 아주 멋져서 칭찬한다는 뜻이지."

아빠의 설명에 새엄마가 천천히 말했어요.

"후우울늉? 아, 그건 너무너무 어렵지만, 좋은 말이다."

새엄마와 아빠가 나간 뒤, 나는 한참 잠에 들지 못했어요. 집안 공기가 달라진 것 같았어요. 나는 릴라를 꼭 안았어요.

"너도 봤지? 새엄마는 여기서 우리랑 살려고 온 거야. 아빠가 얼마나 좋아하는지 꼭 구름에 올라탄 것처럼 보였어. 나도 아직 실감이 안 나. 그런데 릴라야, 새엄마가 왔다고 우리가 진짜 엄마를 잊으면 안 돼……."

# 새엄마는 고릴라

다음 날 아침, 알람이 울리기도 전에 저절로 눈이 뜨였어요. 밖이 시끌벅적했기 때문이에요. 아빠가 말리는데도, 새엄마는 부엌에서 아침을 준비했어요.

"아주 쉬운 거 할 거다. 혼자서도 잘해. 한국 사람처럼 빨리빨리."

그래 놓고 새엄마는 아빠를 자꾸 불렀어요. 소금, 접시, 작은 칼을 찾았지요.

출근 준비를 하다 자꾸 불려 나오던 아빠가 식탁에 앉으면서 말했어요.

"차라리 내가 준비하는 게 빠르겠는걸!"

그러자 새엄마가 자신 있는 목소리로 말했어요.

"금방 잘할 수 있어! 두 사람이 나를 잘 가르쳐 주세요. 나는 배울 준비가 되어 있어. 한국 드라마에서 이런 말 배웠어. 잘 부탁합니다!"

새엄마가 두 손바닥을 맞대며 고개를 꾸벅했어요. 그 모습이 재미있어서 우리는 또 웃었어요. 새엄마가 만든 토스트는 아빠가 만든 것보다 맛이 없었지만 남김없이 먹었어요.

평소에는 아빠가 먼저 출근을 해서 학교에 갈 때는 나 혼자였는데, 오늘은 달랐어요. 나는 아직 인사하는 것도 멋쩍어서 새엄마를 향해 굽실 고개만 숙였어요. 그러자 새엄마가 웃으며 주먹을 내밀어서, 얼결에 나도 주먹을 내밀어 콩 부딪쳤어요.

"아들, 잘 다녀와. 내가 기다리고 있어요!"

나를 아들이라 부르며, 기다리겠다고 말하는 새엄마를 보자, 순간 묘한 기분이 들었어요. 그건 내가 뭐라고 표현

할 수 없는 기분이었어요. 학교에 있는 동안에도 문득문득 집에 있을 새엄마가 궁금했어요.

방과 후 축구 연습을 마치고 집으로 가는데, 한별이가 졸졸 따라왔어요.

"나, 오늘 너의 집에 가도 돼?"

"맨날 그냥 왔으면서 갑자기 왜 물어봐?"

나는 한별이하고 말을 제일 많이 해요. 한별이는 내가 말이 없어도 재미없다고 하지 않고, 내가 말하지 않아도 내 마음을 알아챌 때가 많아요. 그래서 한별이랑 있으면 마음이 편해져서 수다쟁이가 되기도 해요.

"너 새엄마 생겼다고 엄마가 이제 너의 집에 마음대로 가지 말라고 했거든."

"아니야, 괜찮아. 아직 새엄마랑 둘이 있는 게 어색하니까 네가 있으면 더 좋을 것 같아."

"맞지! 역시 나는 너한테 꼭 필요한 친구라니까! 그리고 네 베프로서 내가 인사를 드리는 게 당연하지!"

한별이는 나와 다르게 사람들 앞에서 말도 잘하고 능글맞은 구석이 있어요. 한별이에게는 새엄마를 소개해도 될 것 같았어요. 한별이는 이미 사진으로 새엄마를 보기도 했고, 우주를 통틀어 내가 가장 사랑하는 친구니까요!

그런데 집에 도착했을 때 우리는 깜짝 놀라고 말았어요. 새엄마가 소파에 누워 코를 크게 골면서 자고 있었거든요.

"헉, 네 새엄마는 잘 때 고릴라로 변하나 보다. 우리 엄마는 화날 때 고릴라로 변하는데!"

"비행기를 오래 타고 와서 피곤하신가 봐. 조용히 내 방으로 가자."

새엄마의 코 고는 소리는 한참 더 이어졌어요. 소리가 어찌나 큰지 정말로 덩치 큰 고릴라가 코를 고는 것 같았어요. 나는 조금 부끄러웠는데, 한별이는 별일 아니라는 듯이 게임만 했어요. 나중에 잠에서 깬 새엄마와 한별이가 서로 인사를 나누었어요.

"안녕하십니까? 모건이를 지켜 주는 든든한 친구 이한별입니다. 멀리 카메룬에서 여기까지 오신 모건이의 새엄마를 환영합니다."

"아하, 한별! 반갑습니다. 너 이야기 많이 들었어."

"정말요? 제가 카메룬에서도 인기가 많은가 보네요."

처음 만났는데도 한별이가 거침없이 능청을 피우자 새엄마는 무척 재미있어했어요. 그리고 한별이가 케이팝 이야기를 꺼내자 새엄마의 목소리가 엄청나게 커졌어요. 새엄마는 케이팝을 무지무지 좋아하거든요. 우리는 새엄마가 카메룬에서 가져온 과자를 먹으며 이야기를 나누었어요.

그날 저녁, 퇴근한 아빠가 나에게 살짝 말했어요.

"참, 깜박한 게 있는데, 아빠가 술 마신 날은 코를 골잖아. 아멜리는 피곤하면 코를 골더라. 아빠랑 아멜리가 동시에 골면 그 소리에 놀랄까 봐 얘기하는 거야."

나는 새엄마가 고릴라 같다던 한별이의 말이 생각나서 웃음이 났어요.

저녁을 먹고 난 후, 새엄마에게 동네를 구경시켜 주자는 아빠의 말에 우리는 함께 나갔어요. 아빠가 자상하게 이곳저곳을 설명해 주자 새엄마는 눈을 빛내며 신기해했어요.

그런데 동네 사람들은 새엄마를 신기하게 쳐다보았어요. 대놓고 빤히 쳐다보는 사람들도 있었지요. 나는 그 시선이 거슬려 기분이 나빴는데, 아빠와 새엄마는 아무렇지 않은 것 같았어요. 아빠는 아는 사람을 만날 때마다 새엄마를 소개했고, 새엄마는 반갑게 인사를 했어요.

동네를 크게 한 바퀴 돌고 난 뒤, 발길이 자연스럽게 슈퍼로 향했어요.

"모건아, 먹고 싶은 거 골라 올래?"

아빠가 말했어요.

나는 망설임 없이 과자 진열대로 다가갔어요. 그런데
같은 반 호재가 거기 있었어요.

순간 나는 아빠와 새엄마 쪽을 힐
끗했어요. 호재는 나랑 친하
지도 않고 툭하면

친구들을 놀리는 아이라서 새엄마를 보여 주기 싫었어요.

나는 호재가 새엄마를 볼까 봐 잔뜩 긴장했어요.

　나와 눈이 마주친 호재가 대뜸 말했어요.

　"너는 축구부 언제까지 할 거야? 덩치도 밀리고 패스도

잘 못하잖아!"

　이 녀석은 언제나 말을 참 밉게 해요. 축구 좀 잘한다고

잘난 척도 엄청 하고요.

　"야, 저기 흑인 있다. 저렇게 까만 사람은 처음 봐."

　호재는 신기한 발견이라도 한 것처럼 호들갑을 떨었는

데, 녀석이 보고 있는 사람은 새엄마였어요. 내 가슴이 쿵쿵 뛰기 시작했어요. 내 새엄마인 줄 알면 놀릴 게 뻔하니까 빨리 자리를 피하고 싶었어요. 그런데 호재가 내 팔을 잡아당겼어요.

"야, 저기 좀 보라니까! 우리 동네에 흑인이 살았나? 옷도 알록달록하고 엄청 이상하다! 크크, 머리에 꼬불꼬불한 라면을 달고 다니네."

내 새엄마인 걸 들키고 싶지 않은 마음과 새엄마를 놀리는 녀석에게 화난 마음이 뒤엉켜 버렸어요.

"갑자기 표정이 왜 그래? 나한테 할 말 있어?"

나보다 키가 큰 호재가 우습다는 듯이 내려다보고 있으니 가뜩이나 작은 내가 더 쪼그라드는 느낌이었어요. 그래도 내 새엄마니까 놀리지 말라고 말하고 싶었어요.

"야, 야, 너, 너⋯⋯."

"뭐? 빨리빨리 말해, 말도 느린 땅꼬마야. 답답해서 못 기다리겠다."

나는 뒤돌아서 가는 호재에게 과자를 던졌어요. 그러자
호재가 소리 지르며 나를 밀쳤고, 그 소리에 놀란 아빠가
내 앞으로 뛰어왔어요.
"왜 그러니? 무슨 일이야?"
"얘가 갑자기 과자를 나한테 던지잖아요!"

호재가 과자를 집어 들고서는 뻔뻔하게 말했어요.

"모건아, 무슨 일이야? 네가 과자를 얘한테 던졌어?"

말해야 하는데 하고 싶은 말들이 입안에서 뒤죽박죽되었어요. 말들이 서로 먼저 나가겠다고 싸우는 것 같았어요. 억울하고 분했지만 말보다 눈물이 먼저 나왔어요.

"자, 아빠를 봐. 심호흡하고……."

아빠가 내 손을 잡고서 가만히 내 눈을 바라보았어요. 그사이 호재는 슬그머니 도망쳤어요. 내가 앞뒤 사정을 이야기하면 혼날 게 뻔하니까 도망친 거예요.

흐릿해진 눈앞에 새엄마의 신발이 보였어요. 새엄마에게 이런 모습을 보인 게 너무 창피했어요. 나는 아빠를 뿌리치고 집으로 뛰어갔어요. 내 방으로 들어가 문을 닫고 불을 끈 다음, 릴라를 꼭 안고 이불을 뒤집어썼어요.

그날 밤, 나는 새엄마가 고릴라로 변하는 꿈을 꾸었어요. 사람들이 새엄마를 우리에 가두고, 소리를 지르고, 먹을 걸 던져 주며 놀리는 꿈이었어요. 꿈속에서도 나는 그

광경을 멀뚱멀뚱 바라보고만 있었어요. 말이 안 나와서 너
무 답답하고 괴로웠는데, 내가 그만 잠꼬대를 했나 봐요.
어느새 아빠가 내 옆에 와서 머리를 쓰다듬고 꼭 안아 주

었어요.

"나쁜 꿈을 꿨나 보네. 아빠가 잠들 때까지 옆에 있어 줄게. 이제 편안히 자."

잠이 깬 나는 아빠를 걱정시킨 게 마음에 걸려서 아까 슈퍼에서 있었던 일을 털어놓았어요.

아빠가 나를 토닥토닥하며 말했어요.

"우리 아들이 무지무지 속상했겠구나. 과자를 던진 건 옳은 방법은 아니었지만, 그 아이의 잘못된 행동에 맞서려고 했으니 너는 최선을 다한 거야."

"아빠는 왜 외국 사람이랑 결혼했어? 그냥 한국 사람이랑 했으면 사람들이 그렇게 쳐다보지 않을 텐데……."

"모건이는 아빠가 왜 좋아?"

"내 아빠니까…… 좋지."

"아빠도 그래. 아멜리가 그냥 아멜리라서 좋아. 생긴 모습이나 피부색 같은 건 아무 상관이 없었어. 아멜리가 어느 나라 사람이든, 어떤 모습이든 좋아했을 거야. 아빠는

아멜리와 함께라면 우리 가족이 행복해질 거라는 믿음이
있었어. 아빠의 선택으로 네가 힘들지 않았으면 좋겠어."

"아까 보니까 새엄마를 자꾸 쳐다보면서 뭐라고 수군대
는 사람들도 있었어. 아빠는 괜찮아? 나는 그럴 때마다 기분이 나쁘던데."

"아빠 눈에도 그런 사람들이 보이지만 신경 쓰지 않으려고. 남들이 뭐라고 하든 내가 당당해야 더 즐겁게 살 수 있어. 피부색이나 생김새, 또 다른 무엇이라도 남들과 다르다는 건 나쁜 게 아니야. 각자의 모습으로 살아가는 건 아름다운 거고, 그 모습을 있는 그대로 바라봐 주는 사람이 멋진 사람이지. 아빠는 우리 아들이 당당하고 멋진 사람으로 자랐으면 좋겠어."

그날 밤, 아빠의 이야기를 듣고 생각했어요.

'새엄마랑 같이 살기도 전에 나는 아이들한테 놀림받을 걸 미리 걱정하고 겁을 먹었어. 나 스스로 당당하지 못했던 거야. 그래서 호재 앞에서 말이 안 나온 건지도 몰라. 나도 이제 달라져야 해……'

# 내 편은 내가 지켜야 해!

다음 날 아침에도 부엌에서 뚝딱거리는 소리가 들렸어
요. 내가 거실로 나갔을 때 새엄마와 아빠가 아무 일 없다
는 듯이 웃어 주어서 마음이 편해졌어요.

학교에 가는데, 아빠한테서 메시지가 왔어요.

 아들~, 학교 잘 다녀와. 아빠는 언제나 네 편이야.

 참, 네 편이 한 명 더 있다. 아멜리도 네 편이니까!
지구 별에 네 편이 한 명 더 생긴 거야.
그러니까 힘내!

'내 편'이라는 말에 마음이 따뜻해지고 힘이 솟는 것 같았어요. 미용실 앞에서는 또 한 명의 내 편인 한별이가 나를 기다리고 있었어요. 때마침 미용실 문이 열리더니 '네 편 여기 또 있다!' 하는 것처럼 한별이 엄마가 나왔어요.

"안녕? 모건이도 학교 잘 다녀와라!"

한별이 엄마는 한별이에게 물병을 챙겨 주며 말했어요.

"너 자꾸 준비물 까먹을래? 가뜩이나 물도 많이 마시는 녀석이! 덜렁대지 말고 잘 좀 챙겨. 몇 번을 얘기하니!"

"엄마, 좀 작게 말해. 엄마는 잔소리할 때 꼭 고릴라 같다니까! 모건이 새엄마도 고릴라로 변신하긴 하지만."

"뭐라고? 너, 엄마한테 고릴라가 뭐야? 근데 모건이 새엄마가 고릴라 어쩌고 하는 건 무슨 소리야?"

"크크, 그런 게 있어. 학교 다녀올게요."

"참, 모건아, 오늘 너의 새엄마 미용실에 오기로 했어. 여기 오면 동네 사람들하고도 금방 친해질 거야! 이곳에 빨리 적응할 수 있게 내가 신경 좀 쓸게."

"네. 감사합니다."

내 편에 고릴라가 둘이라고 생각하니 웃음이 났어요.

그날 오후, 축구부 선생님이 출장을 가서 연습이 없는 날이었어요. 한별이와 운동장에서 슈팅 연습을 하기로 했는데, 호재가 다가왔어요. 호재는 나를 보더니 대뜸 자기한테 사과하라고 했어요. 나는 기가 막혔어요. 자기가 잘못한 건 생각 안 하고 나한테 사과부터 하라니요.

"왜 그래? 무슨 일이야?"

한별이가 물었어요.

"어제 슈퍼에서 우리 둘이 만났는데, 모건이가 과자를 나한테 던졌어."

"진짜? 흠, 네가 무슨 잘못을 했겠지. 모건이가 아무 이유 없이 그럴 아이가 아니니까."

한별이의 말에 호재가 화난 표정을 지었고, 호재를 따라다니는 승욱이가 따지듯이 말했어요.

"그래도 과자를 던지면 안 되지. 너는 왜 알지도 못하면서 편드냐?"

"그래? 안 들어 봐도 뻔하지만 얘기해 봐. 어제 네가 말한 대로 똑같이!"

그러자 호재가 입을 꼭 다물었어요. 자기도 좀 찔리는 게 있는가 봐요.

"야, 이한별! 네가 모건이 변호사야? 왜 맨날 네가 대신 나서서 말하는데?"

"변호사 아니고 아주 친한 친구야. 모건이가 사람들 앞에서 말을 잘 못할 때가 있는데, 너는 모건이를 화나게 하고서는 말 못한다고 놀리잖아. 너는 상대방의 약점을 잡고 괴롭히는 거라고!"

"야, 쟤가 말을 잘 못하는 게 내 탓이야? 내가 말하지 말라고 시켰어?"

"어휴, 답답하게 말도 못 알아듣네. 너는 '배려'라는 말 뜻은 아냐? 주장이면 주장답게 굴어라. 쫌!"

나도 화가 나서 따지려고 했는데, 호재가 먼저 큰소리를 쳤어요.

"축구도 못하는 애들이 말이 많네. 우리랑 누가 골 많이 넣나 해 볼래?"

호재가 갑자기 엉뚱한 이야기를 꺼냈어요. 그런데 이건 좀 공정하지 못해요. 호재와 승욱이는 한별이랑 나보다 축구를 오래 했고, 실력도 훨씬 뛰어나거든요.

"너희가 질 게 뻔하지만, 형님들한테 배우는 마음으로

해 보든가. 겁나면 도망가도 된다!"

호재는 대답을 듣지도 않고 내 앞에 있던 공을 툭툭 차며 달려갔어요. 나는 내 공을 찾으러 뛰어갔고, 한별이도 나를 따라왔어요.

그때 승욱이가 소리쳤어요.

"야, 지금부터 삼십 분 시간 잰다. 시작!"

갑자기, 정말 예상치 못한 순간에 시합이 시작되었어요.

골키퍼는 따로 없고, 두 사람이 서로 패스해서 골대 안에 공을 넣으면 되는 거였어요.

호재와 승욱이는 금방 한 골을 넣었어요. 다음에 한별이가 나에게 패스했지만 나는 호재에게 공을 뺏겼고, 승욱이가 또 한 골을 넣었어요. 호재와 승욱이는 우리보다 덩치가 커서 일부러 우리를 툭툭 밀치면서 공을 쉽게 빼앗아 갔어요.

"왜, 졸았냐?"

"크크, 애들 겁먹었나 보다. 형님들이 살살 해 줄게."

깐죽이며 놀려 대는 호재와 승욱이를 보고 있자니 오기가 생겨서 한별이와 나는 있는 힘을 다했어요.

하지만 12 대 4로 우리가 지고 말았어요. 어쩌다 하게 된 시합이었지만, 기분이 좋지 않았어요. 온몸에 기운이 다 빠진 것 같았지요.

"너희가 졌으니까, 모건이는 호재한테 사과해!"

승욱이의 말에 한별이가 나섰어요.

"축구는 너희가 갑자기 시작한 거고, 사과는 다르지. 되게 치사하네!"

"꼭 못하는 애들이 져 놓고 치사하다고 하더라!"

호재가 들고 있던 공을 바닥에 냅다 던지자, 공이 퉁 튀어 올라 한별이 얼굴에 맞았어요.

"피다, 코피다!"

한별이 코에서 피가 흘러나왔어요. 순간 내 마음에 불꽃이 튀었어요.

"이, 이 자식, 한별이 거, 건들면 가만 아, 안 둘 거야!"

한별이를 지키기 위해서라면 뭐든지 할 수 있을 것 같았어요. 그래서인지 마음속에 있던 말들이 팝콘처럼 튀어나왔어요.

"과, 과자 던진 건 사과할게. 이, 이제 너도 나한테 사과해! 네, 네가 먼저 슈퍼에서 나 놀렸잖아. 네가 아, 아무렇지 않게 하는 말에도 듣는 사람은 사, 상처받을 수 있어. 그, 그러니까 함부로 말하지 마."

나는 더듬거렸지만, 호재를 똑바로 보며 내 생각을 말했어요. 한별이는 한 손으로는 코를 누르고 다른 손으로는 축구공을 높이 들고서 내 옆에 바짝 붙었어요. 혹시라도 호재가 나를 해코지할까 봐 그랬을 거예요.

그런데 호재는 조금도 미안하지 않은 표정이었어요.

"네, 네가 말, 말을 너, 너무 더듬거려서 하, 하나도 못 알아듣겠다."

"크크, 나, 나도 그래. 무, 무슨 말을 한 거야?"

　호재와 승욱이는 도리어 나를 놀렸어요. 나는 화가 나
서 입술이 부들부들 떨렸고, 더는 말도 나오지 않았어요.

　그때 한별이가 "야!" 하고 소리를 질렀는데, 저쪽에서 갑
자기 엄청나게 큰 소리가 들려왔어요. 새엄마와 한별이 엄
마가 달려오는 소리였어요. 두 사람은 땅이 쿵쿵 울릴 정
도로 요란하게 뛰어왔어요. 마치 화가 난 엄마 고릴라들이
새끼 고릴라들을 지키려고 달려오는 것 같았지요. 그 모

습을 보고 놀란 호재와 승욱이는 교문 밖으로 도망치듯이 사라졌어요.

"오, 마이 갓! 피다, 피! 다쳤어? 아파?"

"왜 그래? 너희 싸웠어? 코피는 왜 나는 거야? 고개 좀 이렇게 해 봐!"

엄마들이 놀라서 우리를 살펴보았어요.

"아, 아니야. 친구들이랑 축구하다 그런 거야."

한별이가 나를 보며 한쪽 눈을 찡긋하더니 말했어요.

우리는 엄마들을 따라 미용실로 갔어요.

"무슨 일 있는데 얘기 안 하는 건 아니지?"

한별이 엄마의 물음에 한별이가 능청스럽게 말했어요.

"걔들이 축구 잘한다고 잘난 척을 해서 골 넣기 시합을 좀 했어. 코를 납작하게 해 주려고!"

"그래서 코를 납작하게 해 줬어?"

"아니. 우리가 왕창 깨졌고, 내 코는 더 납작해져서 피까지 났지. 걔들 학교에서 축구 잘하기로 유명한 애들이야.

근데 학교에는 왜 왔어?"

"오늘 미용실 쉬는 날이라 아멜리한테 동네 구경시켜 줬어. 아멜리가 학교가 어디에 있는지 궁금해해서 알려 주려고 왔는데, 너희들이 꼭 싸우는 것 같더라고. 그래서 뛰어간 거야."

이야기를 듣고 있던 새엄마가 내 얼굴을 살피며 한마디했어요.

"그 아이들이 코를 납작하게 눌렀어? 코를 왜 눌러? 모건이는 코 아파, 안 아파?"

그러자 한별이 엄마가 웃으며 뜻을 알려 주었고, 새엄마는 알겠다는 듯이 고개를 끄덕였어요.

"참! 너 호재 앞에서는 맨날 졸더니, 오늘은 말도 진짜 잘하더라! 내가 녀석들한테 당할까 봐 그런 거지? 다 알아. 고마워!"

한별이는 그렇게 말해 주었지만, 난 조금 전 일이 자꾸 떠올라서 창피하고 분한 마음이 가시지 않았어요.

"그랬구나. 너희 둘 오늘 좀 멋진데! 맛난 거 사 줘야겠다!"

한별이 엄마의 말에 새엄마도 한마디 했어요.

"와, 두 사람, 후울룽? 훌울룽해요. 이거 발음 너무 어렵다!"

발음이 좀 어눌해도 우리는 그 말을 다 알아들었어요.

시끌벅적 떠들며 즐거운 분위기가 이어졌지만, 나는 즐겁지 않았어요. 말도 제대로 못하는 내가 작고 초라하게 느껴졌어요.

그날 밤, 나는 자기 전에 릴라에게 오늘 일을 털어놓았어요.

"릴라야, 나는 왜 이렇게 말을 못할까? 당당하고 똑부러지게 말하면 녀석들도 나를 함부로 대하지 못할 텐데……. 나도 한별이처럼 말을 잘하고 싶어. 어떻게 하면 말을 잘할 수 있을까?"

# 시간이 필요해

요즘 새엄마는 아주 바빠졌어요. 근처에 있는 다문화 센터에 다양한 것들을 배우러 다니거든요. 센터에서 친구도 사귀었는데, 카메룬에서 온 사람은 새엄마뿐이래요. 그리고 새엄마는 한별이 엄마가 하는 미용실에서 미용 일도 배우기 시작했어요. 예전부터 미용사라는 직업에 관심이 많았대요. 바쁠 때는 새엄마가 도와주기도 하니까 한별이 엄마도 무척 좋아했어요. 새엄마는 미용실에 오는 손님들과도 이야기를 많이 했어요.

"안녕하세요? 나는 카메룬 사람 아멜리입니다."

새엄마가 인사를 하면 손님들은 한국말을 잘한다고 신기하게 쳐다봤어요. 가끔은 생각 없이 무례한 말을 하기도 했지요.

"근데 흑인 피부가 진짜 새까맣긴 하네."

"그러니까 깜둥이라고 하잖아."

한별이 엄마가 손님에게 넌지시 눈치를 주자, 새엄마가 말했어요.

"깜둥이는 미운 말입니다. 기분 나쁜 말이에요."

어떤 사람은 몰랐다고 했고, 어떤 사람은 미안하다고 사과했어요. 그러면 새엄마는 "괜찮아, 앞으로 잘해!" 하며 웃었어요.

새엄마는 한국말이 서툴러도 말하기를 주저하지 않았어요.

"무슨 머리 할 거야?"

"같이 온 저 인간은 누구입니까?"

사람들이 다시 알려 주면 바로 고쳐서 말했어요.

"머리 어떻게 해 드릴까요?"

"같이 온 사람은 누구예요?"

새엄마의 한국어 실력은 점점 좋아졌고, 새엄마를 알아
보고 좋아하는 사람들도 생겨났어요. 내가 미용실에 가면
새엄마는 나를 자랑스럽게 소개했어요.

모건이에요우~~
내아들!

"내 아들 모건입니다. 얼굴도 잘생겼고 마음도 착하고 똑똑합니다. 축구도 잘해!"

나는 솔직히 좀 부끄러웠고, 귀찮기도 했어요. 사람들이 새엄마와 나를 번갈아 쳐다보면서 엄마와 아들이 피부색이 다른 이유를 알고 싶어 했거든요. 그럴 때면 나는 한별

아, 안녕하세요.

이와 밖으로 나가거나 게임을 하면서 모르는 척했어요.

아빠는 시간이 날 때마다 새엄마랑 밖으로 나갔어요. 아빠와 새엄마는 손을 꼭 잡고 걸었어요. 새엄마는 내게도 손을 내밀었지만, 나는 아직 그 손을 잡지 못했어요. 새엄마와 여전히 조금 어색했고, 흘끔대는 사람들 시선이 불편해서 두세 발자국 떨어져서 걸었거든요. 새엄마는 그런 나를 보며 빙그레 웃기만 했어요.

며칠 뒤, 학교에서 축구 연습을 할 때였어요. 호재와 승욱이가 다가왔어요.

"야, 그때 그 흑인 아줌마, 네 새엄마라면서?"

"네 새엄마 어느 나라 사람이야? 아프리카에서 왔으면 엄청 못사는 나라에서 온 거네. 아프리카에는 먹을 게 없어서 굶어 죽는 사람들도 많잖아!"

갑작스러운 물음에 나는 당황했어요.

그러자 한별이가 냉큼 나섰어요.

"카메룬에서 오셨어. 그리고 카메룬은 못사는 나라 아니야. 너희들은 축구만 잘하지, 왜 그렇게 무식하냐? 카메룬이 어디 있는 줄은 알아?"

"이한별, 너는 왜 또 잘난 척이야? 궁금해서 물어보는 거잖아. 모건이 네가 말해 봐."

"그, 그래, 이, 이번에는 알아듣게 또, 똑바로 마, 말해!"

승욱이가 내 말투를 흉내 내며 비아냥거렸어요.

나는 순간 너무 화가 났어요. 내 기분을 망치는 말만

하는 호재와 승욱이가 꼴 보기 싫었어요. 그 애들은 나를 놀림감으로 삼으려는 거예요. 왜 자꾸 이런 아이들과 마주해야 하는 걸까요? 학교에서도, 거리에서도 내 새엄마가 어느 나라에서 왔든, 어떤 모습이든 신경 안 쓰고 마음 편히 살 수는 없는 걸까요?

"한별아, 애네랑 상대하지 말고 그냥 가자."

나는 얼른 이 자리를 벗어나고 싶었어요.

집으로 가는 길에 한별이가 한숨을 쉬더니 말했어요.

"너 진짜 답답하다. 왜 아까 아무 말도 안 했어? 필요할 때는 말을 해야지."

"그게……, 너무 화가 나서 말하기도 싫었어. 내가 말해도 그 녀석들은 계속 그럴 테니까 소용없다는 생각이 들었어. 더듬거리면서 말해 봐야 놀릴 게 뻔하잖아!"

"그러니까 다시는 그러지 못하게 따끔하게 말해 줘야지. 더듬거려도 네 생각을 말해야 해. 네가 물러서면 녀석들은 계속 그럴 거라고! 이렇게 당하고만 있을 거야?"

한별이가 버럭 소리쳤어요. 나한테 이렇게 화를 낸 적은 처음이라서 깜짝 놀랐어요.

한별이는 혼자 저만큼 앞서갔어요. 그러다 미용실로 들어가 문을 닫는 순간, 마치 한별이와 나 사이에 벽이 생긴 기분이었어요. 곧이어 새엄마가 미용실 문을 열고 나와 나를 불렀어요. 내가 못 들은 척 걸어가자 새엄마가 계속 쫓아왔어요.

"아들, 한별이랑 싸웠어? 한별이도 표정이 안 좋다!"

이럴 때는 그냥 놔두면 좋을 텐데 새엄마는 자꾸 말을 걸어왔어요.

"우리 아이스크림 먹으러 갈까? 아니면 피자 먹을까?"

내 기분도 모르고 계속 따라오는 새엄마가 귀찮았어요. 결국 새엄마를 뿌리치고 집으로 뛰어갔어요.

그날 저녁이었어요. 나는 입맛도 없고 새엄마 얼굴 보기도 불편해서 안 먹겠다고 했지만, 아빠가 자꾸 불러서 할 수 없이 거실로 나갔어요. 식탁에는 떡볶이가 푸짐하게 차

려져 있었어요.

"아멜리가 네가 좋아하는 떡볶이를 했어. 다문화 센터에서 배웠대."

"맛있으면 좋겠다! 모건이 많이 먹어."

새엄마는 아무 일 없었다는 듯 명랑하게 말했어요.

나는 떡볶이를 하나 집어 먹었어요. 솔직히 맛이 너무 이상했어요. 짜고 묘한 맛이 났어요. 그래도 새엄마의 정성을 생각해서 억지로 네 개를 먹고는 포크를 내려놓았어요.

새엄마가 내 표정을 살피더니 말했어요.

"오우, 맛이 별로구나! 어떡하지?"

"그만 먹을래요."

아빠가 내 방으로 나를 따라왔어요.

"왜? 맛이 없어도 조금 더 먹지. 아멜리가 너 먹으라고 애써 만들었는데……."

"더 못 먹겠어."

"새엄마는 매운 거 못 먹는데, 네가 좋아해서 한 거야."

"나도 새엄마 생각해서 억지로 네 개나 먹었잖아. 맛이 이상한데 어떻게 더 먹어?"

내 마음을 몰라주는 아빠에게 서운한 마음이 들었어요.

"너한테 오늘 아멜리랑 우체국 같이 가 달라고 했었는데, 깜박했지? 길을 좀 헤맨 모양이더라. 적응할 때까지 힘들 테니까 네가 신경을 좀 써 줘."

아빠 머릿속엔 온통 새엄마밖에 없나 봐요. 내가 새엄마랑 살면서 힘든 건 없는지 물어보지도 않잖아요. 순간 울컥 눈물이 났어요.

"아빠가 혼낸 것도 아닌데 왜 울어?"

"아빠가 자꾸 짜증 나게 하니까."

"아빠가 뭐라고 했다고 짜증이 나? 새엄마 힘드니까 도와주라고 한 건데!"

이럴 줄 알았어요. 아빠는 내 마음 따위는 한 번도 생각해 본 적이 없는 거예요. 그동안 쌓였던 속상한 마음이 풍선처럼 부풀어 빵 터지고 말았어요.

"아빠는 왜 새엄마만 생각해? 왜 내 생각은 안 해 줘? 아빠는 새엄마 생겨서 좋겠지만, 나는 귀찮고 힘들단 말이야. 애들이 새엄마 아프리카 사람이라고 놀리고, 사람들이 왜 엄마랑 피부색이 다르냐고 자꾸 물어봐서 얘기도 해 줘야 해. 밖에 나가면 사람들이 자꾸 쳐다보고 수군대는 것도 신경 쓰여. 그런데 아빠는 맨날 새엄마 걱정만 하면서 도와주라는 말만 하고……."

내가 폭포수처럼 말을 쏟아 내자, 아빠는 놀란 얼굴이었어요. 아빠는 나를 달래려고 했지만, 나는 그냥 혼자 있고 싶었어요. 내 편이라고 생각했던 사람들이 내 마음을 너무 모르는 것 같아서 슬펐어요.

아빠가 내 방을 나가며 말했어요.

"네 마음을 헤아리지 못해서 미안해. 아빠가 더 노력할게. 서로에게 적응하려면 시간이 필요하겠지만, 우리는 잘 지낼 수 있을 거야. 그만 울고 자렴. 아빠는 네가 슬픈 거 싫어."

## 새엄마의 빈자리

그 뒤로 며칠 동안 나는 내 편들과 좀 어색하게 지냈어
요. 아빠와 새엄마는 예전처럼 대해 주었지만, 왠지 마음
이 불편했어요. 아빠한테 하고 싶은 말을 다 하면 속이 시
원할 줄 알았는데 그렇지 않았어요. 새엄마가 내 이야기를
전부 들었다는 것도 마음에 걸렸어요.

한별이하고도 마찬가지였어요. 한별이는 언제나처럼 미
용실 앞에서 나를 기다렸지만, 우리는 아무 말 없이 학교
에 갔어요. 서로 눈치만 보면서요.

새엄마는 이제 슈퍼에서 혼자 물건도 샀고, 아는 사람

도 많아져서 오며 가며 인사도 나누었어요. 늘 명랑하고
씩씩해서 슬픔이라고는 모르는 사람처럼 보였어요. 나는
다행이라고 생각했어요. 내가 한 말 때문에 슬퍼하면 내
기분도 좋지 않을 테니까요.

얼마 후의 일이었어요. 내가 학교에서 돌아왔을 때 새엄마는 카메룬에 있는 가족들과 통화를 하고 있었어요. 그런데 새엄마가 울고 있지 뭐예요. 무슨 말인지 알아들을 수는 없었지만, 새엄마의 슬픈 마음이 느껴졌어요.

나는 새엄마랑 마주칠까 봐 밖으로 나왔어요. 놀이터 그네에 혼자 앉아 흔들흔들 그네를 탔어요. 웃음 많은 새엄마가 우는 모습을 보니 기분이 이상했어요.

'새엄마가 왜 울었을까? 혹시 나 때문에 힘들어서?'

새엄마는 그 뒤로도 계속 기운이 없어 보였는데, 얼마 후에 갑자기 카메룬으로 떠났어요. 새엄마의 아빠가 교통사고로 다리를 많이 다쳐서 꼼짝도 못 하게 되었대요.

"새엄마가 카메룬에 가서 할아버지가 괜찮아지실 때까지 돌봐 드리고 올 거야. 아마 두 달 정도는 걸릴 거래."

그제야 나는 새엄마가 왜 울었는지, 왜 기운 없어 했는지 이해할 수 있었어요.

아빠와 나는 다시 둘로 돌아갔어요. 그런데 집안 분위

기가 예전 같지 않았어요. 새엄마가 없으니까 집이 텅 빈 것 같았어요. 새엄마와 고작 몇 달 같이 살았을 뿐인데 말이에요. 학교에서 돌아와도 반겨 주는 새엄마가 없으니 쓸쓸했어요. 코를 골며 자던 새엄마의 모습이 떠올라서 나는 가만히 안방 문을 열어 보았어요.

새엄마의 화장대에 공책이 한 권 놓여 있었어요. 그 공책에는 요리법이 적혀 있었는데, 떡볶이, 김치찌개, 갈비찜 같은 음식이었어요. 음식 이름 옆에는 삐뚤삐뚤한 한글로 '아들이 좋아해.' '남편이 좋아해.'라는 글씨가 적혀 있었지요. 아빠와 내가 좋아하는 음식을 만들어 주려고 애쓴 흔적이었어요.

거울에는 사진이 여러 장 붙어 있었는데, 카메룬에 있는 가족과 친구들 같았어요. 새엄마가 키우던 개와 함께 찍은 사진도 있었어요.

문득 이런 생각이 들었어요.

'새엄마도 자기 가족과 친구들에게 한국에서 사는 게 힘

들다고 이야기하고 있을까? 그래, 그럴지도 몰라. 나처럼 펑펑 울지도 몰라…….'

새엄마는 아주 멀리서 왔고, 우리나라가 낯선 곳이니까 힘든 게 많았을 거예요. 나는 이야기 나누고 만날 수 있는 가족과 친구가 가까이 살고 있지만, 새엄마는 아주아주 멀어서 만나기도 어렵잖아요. 나는 새엄마가 생기는 바람에 신경 쓰이는 일이 많아져 힘들다고 생각했는데, 새엄마도 못지않게 무척 힘들었겠다 싶었어요. 그동안 나는 나만 생각하고 있었나 봐요.

내가 가만히 생각에 잠겨 있을 때 아빠에게서 메시지가 왔어요.

> 회사에 급한 일이 생겨서 늦을 거야.
> 한별이랑 치킨 시켜 먹어.

내가 알겠다고 답장을 보내자마자 한별이에게 메시지가 왔어요.

너의 아빠가 너랑 같이 먹으라고 치킨 쿠폰 보냈어.
엄마가 너 미용실로 오래.

멋쩍은 표정으로 머리를 긁적이는 이모티콘도 같이 왔어요. 한별이랑 서먹해진 걸 알고 아빠가 일부러 한별이에게 보냈나 봐요. 나는 알았다고 답장을 보내고 미용실로 갔어요.

"너희 싸웠냐? 요즘 얼굴 보기 힘드네. 한별이 안 보고 싶어도 나 보러 오렴. 이리 와서 앉아 봐. 너 머리할 때가 돼서 일부러 불렀어. 치킨 올 때까지 머리 좀 다듬자."

한별이 엄마가 내 머리를 다듬어 주며 말했어요.

"새엄마 없으니 너도 허전하지? 아멜리가 있다가 없으니까 너무 심심하고 미용실이 횅한 것 같아. 그동안 아멜리가 손님들하고도 참 잘 어울렸거든. 생판 모르는 나라에

와서는 어쩜 그렇게 씩씩한지, 나도 아멜리를 보고 많이
배웠어."

정말 그랬어요. 새엄마는 한국말을 잘 못해도 용기 내
서 말했고, 틀리거나 실수하면 다시 고쳐 말했어요. 모르
면 물었고, 경험해 보지 않은 것들은 열심히 배우려고 했
어요. 별거 아닌 일에도 잘 웃고, 사람들의 이야기를 귀담
아들었어요. 새엄마는 언제나 노래를 흥얼거리며 리듬을
타는 것처럼 보였는데, 같이 있으면 덩달아 기분이 좋아지
고 주위가 환해지는 느낌이었어요. 이상하게도 새엄마가

없으니 그런 사실이 선명하게 떠올랐어요.

그때 아주머니 두 명이 들어와서는 "아멜리가 안 보이네." 하면서 궁금해했어요. 새엄마의 사정을 듣고 함께 걱정해 주는 모습에 내 마음이 따뜻해졌어요.

"너희들, 축구 연습 많이 해서 내년 축구 대회 때는 둘 다 주전으로 뽑히면 좋겠다. 아멜리가 축구 응원 가야 한다고 잔뜩 기대하고 있었어. 너희들을 위해 응원가도 만든다더라!"

"모건이 얘는 자기가 제일 조끄많고 못한다고 생각해서 주전 같은 건 기대도 안 하고 있을걸!"

"아니거든. 나도 뽑히고 싶거든!"

축구부에서 늘 주눅이 들어 있는 건 사실이지만, 주전으로 뛰고 싶은 마음은 숨기고 싶지 않았어요. 새엄마가 나를 위해 응원가까지 준비하고 있다는 말에 가슴이 뛰었어요. 축구 경기에서 한 선수가 멋지게 골을 넣으면 팬들이 그 선수만을 위한 응원가를 불러 주잖아요. 그 순간이 정말 짜릿하고 감동적이었는데, 나에게도 그런 순간이 온다면 얼마나 행복할까요!

치킨을 먹다가 한별이와 눈이 마주쳤어요. 우리는 약속이나 한 듯이 웃음을 터뜨렸고, 닭 다리를 하나씩 들고 콜라를 짠 부딪친 다음 맛나게 먹었어요.

나는 집에 가는 길에 문방구에 들려 케이팝 가수 포토카드를 몇 장 사서 새엄마의 화장대 거울에 붙여 두었어요. 새엄마를 위해 작은 일이라도 하고 싶었어요. 새엄마가 아빠와 나를 위해 한 것처럼요.

# 서로에게 팬클럽

학교에서 축구 연습하는 시간이 길어졌어요. 나와 한별이는 더 열심히 했어요. 주말에도 둘이서 축구 연습을 했어요. 그러니까 실력도 조금씩 늘고 자신감도 생겼어요.

"땅꼬마들, 요즘 열심히 하네."

"그래 봤자, 후보겠지만."

호재와 승욱이가 잘난 척을 해도 한별이와 나는 기죽지 않았어요.

"너희 '축구공은 둥글다'라는 말 알아? 축구는 결과를 알 수 없다는 뜻이야. 그러니까 너희들도 잘난 체하지 말고 열심히 해. 땅꼬마들한테 한 방 먹고 싶지 않으면."

한별이의 말에 호재가 피식 웃으며 말했어요.

"참, 네 새엄마 다시 아프리카로 갔다면서? 네가 너무 말 안 들어서 도망간 거 아냐?"

"우리 동네에 어떤 외국인 아줌마도 가족들 버리고 도망 갔잖아. 네 새엄마도 안 오면 어쩌냐?"

호재와 승욱이가 또 시비를 걸었어요. 이번에는 도저히 참을 수가 없었어요. 몸은 굳고, 마음은 부글부글 끓어올 라서 폭발할 것만 같았어요. 새엄마를 함부로 말하는 녀 석들을 지구 밖으로 날려 보내고 싶었어요.

그때 내 편 한별이와 눈이 마주쳤어요. 순간 아빠와 새 엄마도 떠올랐어요. 지금이 내가 힘을 내야 할 때라는 걸 깨달았어요.

나는 주먹을 불끈 쥐고 용기 내어 말했어요.

"야, 강, 강호재! 이승욱! 내가 함부로 말하지 말랬지? 왜 자꾸 이상한 말 하면서 나 놀리는 거야? 누군가를 놀

리는 건 비겁한 행동이야. 내 말 똑바로 잘 들어! 앞으로 또 그딴 헛소리 하면 진짜 혼내 준다. 알겠어?"

내가 딱 한 번만 말을 더듬고 또박또박 힘 있게 말하자 호재와 승욱이가 놀란 표정을 지었어요.

나는 보란 듯이 새엄마에게 전화를 걸었어요. 그동안 여러 번 아빠와 함께 통화했지만, 내가 전화한 건 이번이 처음이었어요. 다행히 새엄마가 전화를 받았어요.

"오, 아들이네. 모건이가 먼저 전화해 줘서 정말 기쁘다. 나 아주 많이 감동했어. 뭐 하고 있어?"

"축구 연습해요. 학교예요."

"안녕하세요? 여기 한별이도 있어요!"

한별이가 옆에 달라붙어서 인사를 건네자, 새엄마도 반갑게 인사했어요.

"아들, 기쁜 소식이야. 내 친척 중에 카메룬 국가대표 축구 선수가 있다. 지금은 영국 프리미어 리그에서 뛰고 있어. 고향에 왔다가 우리 집에 들렀어. 내가 아들한테 선물하고 싶다고 했더니, 유니폼이랑 축구화에 사인해 줬다. 한별이 거랑 두 개씩이야. 내가 한국에 갈 때 꼭 챙겨 갈게."

새엄마는 축구 선수랑 찍은 사진도 보내왔어요. 한별이와 나는 뜻밖의 소식에 기뻐서 팔짝팔짝 뛰었어요. 전화를 끊자, 주위에 있던 아이들이 사진을 보려고 모여들었어요. 아이들은 부러운 눈으로 한별이와 나를 쳐다보았어요.

"진짜 좋겠다. 내가 좋아하는 선수 중 한 명인데."

"나도 봤어. 그 선수 드리블 끝내주게 잘하더라! 카메룬 출신이었구나."

아이들이 아는 척을 하자, 호재와 승욱이가 입을 삐죽거렸어요.

나는 다시 힘주어 말했어요.

"너희들도 잘 들었지? 내 새엄마는 도망가지 않았고, 우리 가족 잘 지내고 있으니까 앞으로는 말조심해. 또 그러면 정말 가만있지 않을 거야. 알겠어? 내 말 잘 기억해!"

내가 축구공을 뻥 차자, 호재와 승욱이는 머쓱해진 얼굴로 다른 곳으로 갔어요.

용기 내서 말하니 마음이 뻥 뚫리는 기분이었어요. 한별이가 나를 보고 환하게 웃으며 엄지손가락을 들어 보였어요. 이번에는 말을 한 번도 더듬지 않아서 앞으로도 잘할 수 있을 거라는 자신감이 생겼어요. 또 다른 누가 놀린다 해도 지금처럼 맞서야겠다 결심했지요.

나는 아이들에게 새엄마의 나라 카메룬에 대해서 알려주었어요. 카메룬 남자 축구 선수들이 2000년 시드니 올림픽 때 금메달을 땄다는 이야기도 잊지 않았죠. 나도 이번에 처음 알았으니 앞으로 더 알아야 할 게 많겠지요.

♛

드디어 새엄마가 오는 날! 내가 공항에 같이 가겠다고 하자 아빠가 무척 기뻐했어요. 한별이도 유니폼이랑 축구화가 자기를 부른다면서 껌딱지처럼 따라왔어요.

아빠가 차에서 음악을 켜자 새엄마가 듣던 케이팝이 흘러나왔어요. 신나는 리듬에 맞춰 한별이와 나는 어깨를

들썩거렸고, 아빠는 노래를 크게 따라 불렀어요.

"아빠도 이 가수 좋아했어? 관심 없었잖아."

"아멜리가 이 가수 팬클럽 회원이라서 나도 덩달아 관심이 생겼어. 자꾸 들으니 좋아지더라."

"와, 사랑꾼이시네요."

한별이의 말에 아빠가 웃으며 말했어요.

"나는 다른 팬클럽 회원이야."

"어떤 팬클럽인데요?"

"나에게 소중한 사람을 열렬히 응원하는 팬클럽이지. 아멜리랑, 모건이, 한별이도!"

아빠의 사랑은 그런 건가 봐요. 소중한 사람이 좋아하는 노래를 함께 들어 주고 불러 주는 거요. 그 사람을 있는 그대로 바라봐 주고 응원해 주는 거요. 아마 새엄마도 아빠의 이런 모습에 힘을 얻었을 거예요. 나도 이제 힘을 보태야겠어요. 서로를 응원해 주고 지켜 주는 팬클럽에 가입해야겠어요.

드디어 공항에 도착했어요. 나는 종이를 높이 들고 새엄마를 기다렸어요. 이번에는 내가 환영 문구를 적었지요.

나는 새엄마가 보이자 달려갔어요. 새엄마가 나를 꼭 안아 주었어요. 아주 따뜻하고 포근했어요. 진짜 엄마 고릴라 품에 안긴 것 같았어요.

저학년의 품격22
우리 엄마는 고릴라

초판 1쇄 2025년 1월 10일

글 | 유지은  그림 | 김준영
펴낸이 김혜연 | 책임편집 하늬바람 | 북디자인 design S
펴낸곳 책딱지 | 등록번호 제2021-000002호 | 등록일자 2021년 1월 5일
전화번호 070-8777-2737 | 팩스 02-6455-2737
주소 서울특별시 강서구 우장산로2길 45, 연무빌딩 401호(내발산동)

ⓒ 유지은, 김준영, 2025

ISBN 979-11-93215-12-8
ISBN 979-11-973753-0-9 (세트)

• 제조자명: 책딱지
• 주      소: 서울특별시 강서구 우장산로2길 45, 연무빌딩 401호(내발산동)
• 전화번호: 070-8777-2737
• 제조연월: 2025.01.10
• 제조국명: 대한민국
• 사용연령: 8세 이상

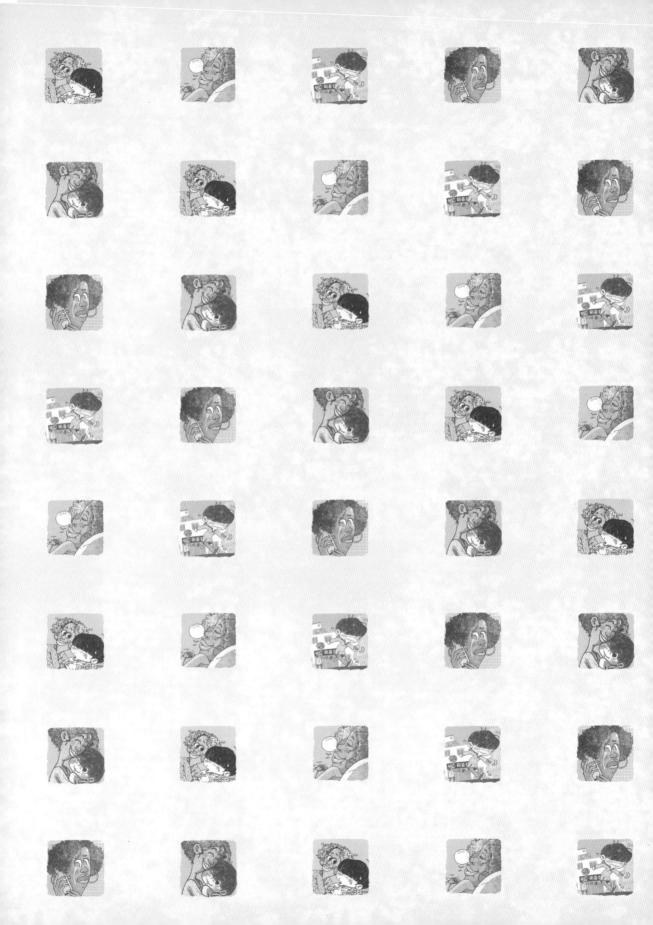

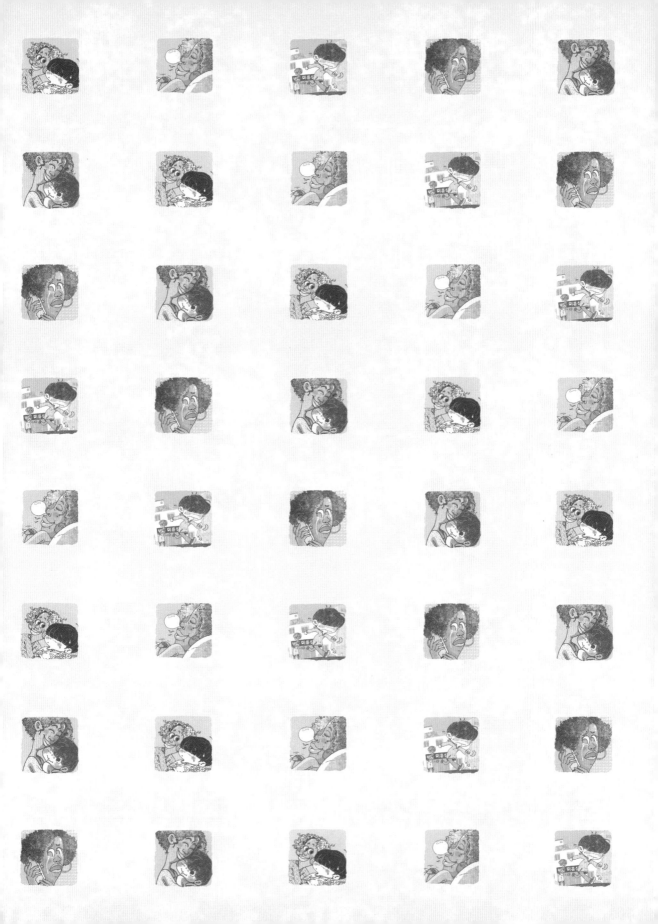

# 저학년의 품격

책을 혼자 읽기 시작하는 초등 저학년을 위한 창작 동화입니다.
재미있고 공감하기 쉬운 주제로 아이들을 즐거운 독서의 세계로
안내하고, 바른 인성과 생각하는 힘을 키워 주는 유익한 시리즈입니다.

**01 달달 문구점 별별 문구점**
글 조성자 | 그림 최정인 | 92쪽
우정·친구관계·배려

**02 마시멜로의 달콤한 비밀**
글 류미정 | 그림 박영 | 88쪽
바른말·칭찬·솔직함

**03 판타스틱 남매**
글 원유순 | 그림 김준영 | 96쪽
우애·가족애·협동

**04 내가 바로 유행왕**
글 제성은 | 그림 노아 | 84쪽
유행·개성·소비습관

**05 격파왕 태권 할매**
글 안선모 | 그림 정경아 | 92쪽
성취감·도전·태권도

**06 거짓말 뽑는 치과**
글 고수산나 | 그림 홍찬주 | 84쪽
언어예절·나쁜말·가족

**07 우리 아빠가 어때서!**
글 류미정 | 그림 지문 | 88쪽
아빠와딸·가족·사랑

**08 지니의 발걸음**
글 최형미 | 그림 최정인 | 88쪽
엄마와딸·이해·성장

**09 보드 타는 강아지 번개**
글 전은희 | 그림 박영 | 84쪽
반려동물·믿음·용기

**10 톡 터져라! 귓속말**
글 김민정 | 그림 이은지 | 92쪽
귓속말·소외감·오해

**11 오~ 재수 있다!**
글 류미정 | 그림 이승연 | 92쪽
이름·자존감·자기긍정

**12 시간을 바꾸는 타임 반지**
글 정은하 | 그림 홍찬주 | 92쪽
시간이동·따돌림·용기

**13 고고 탐정단 사라진 절대 반지**
글 서지원 | 그림 이창섭 | 88쪽
추리·열등감·성장

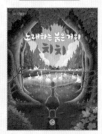

**14 노래하는 붉은 거위 치치**
글 김우정 | 그림 정하나 | 96쪽
편견·자기애·특별함

**15 동물들의 재판**
글 김우정 | 그림 홍찬주 | 84쪽
괴롭힘·동물학대·생명존중

**16 어쩌다 알바 인생**
글 류미정 | 그림 박선미 | 96쪽
꿈·도전·열정

**17 진짜 이빨 요정 링링**
글 김윤아 | 그림 지문·조윤정 | 92쪽
용기·도전·책임감

**18 내 친구 이꽃분 할머니**
글 김우정 | 그림 최정인 | 84쪽
선입견·전통문화·가족

**19 마술사 루디의 비눗방울 사탕**
글 정은하 | 그림 유준재 | 88쪽
행복·기억·추억

**20 그렇게 두더지는 여행을 떠났다**
글 김지원 | 그림 뿔시코가사이클링클럽 | 92쪽
도전·실천·성장

**21 아이스크림 곰 포포**
글 검은빵 | 그림 봄하 | 88쪽
상처·두려움·용기

**22 우리 엄마는 고릴라**
글 유지은 | 그림 김준영 | 92쪽
다문화·용기·당당함

독서 활동지를 다운받아 활용하면
더욱 재미있고 슬기로운
독서 경험이 쌓일 거예요.

〈저학년의 품격〉 시리즈는
계속됩니다!

책딱지 독자들에게 재미와 감동을 전해 줄 작가님들의 소중한 원고를 기다리고 있습니다.   E-mail: checkttakji@naver.com